漫畫論語 上

谷清平 編
貓先生 繪

各言其志

賢哉，回也

君子三畏

新雅文化事業有限公司
www.sunya.com.hk

湯小圓和他的朋友們

湯小團

愛看書，特別喜歡閱讀歷史。平時調皮搗蛋，滿肚子故事，總是滔滔不絕。熱情善良，愛幫助人。

唐菲菲

書巷小學大隊長，完美女生，還有點兒潔癖。有些膽小，卻聰明心細。

孟虎

又胖又高，自稱上少林寺學過藝，外號「大錘」。喜歡唐菲菲，講義氣，卻總是鬧笑話。

書店老闆

「有間書店」的老闆，也是書世界的守護者。會做甜點，受孩子們歡迎，養了一隻小黑貓。

王老師

湯小團的班主任。外表看起來很嚴肅，內心很關心同學們。

《論語》成書於戰國前期，是儒家的經典著作。孔子開創了私人講學的風氣，相傳他有弟子三千，賢弟子七十二人。孔子去世後，其弟子及再傳弟子把孔子及其弟子的言行語錄和思想記錄下來，整理編成了這一部儒家經典。《論語》從西漢以來，一直是中國讀書人的必讀書。

本書上、下兩冊共 20 個章節，精選了《論語》不同篇章中的名句。以漫畫形式重新演繹論語故事，重現孔子及其弟子們的學習、生活。幫助孩子讀懂《論語》，提升語文能力，學習古人的品德情操。

目錄

第一章	《論語》的故事	8
第二章	君子三畏	18
第三章	賢哉，回也	28
第四章	聞斯行諸	38
第五章	各言其志	48
第六章	以文會友	58
第七章	君子不器	68
第八章	仁遠乎哉	78
第九章	以孝為先	88
第十章	敬鬼神而遠之	98

孔子

本名孔丘，字仲尼，春秋時期魯國人。歷史上第一位以私人名義教書的教師。

仲由

字子路。為人粗獷，性格勇敢。只比孔子小九歲，但非常尊敬老師。

顏回

字子淵，又叫顏淵。家境貧寒，聰穎好學。是孔子的得意門生。

宰予

字子我。聰明，能說會道，不過常常讓孔子頭疼。

冉求

字子有，又叫冉有。為人穩重，有時候因為謹慎而顯得有些膽小。

端木賜

字子貢。聰慧善辯，在很多問題上有自己的想法。有經商才能。

有若

字子若。傳說相貌跟孔子很像。

樊須

字子遲，亦稱樊遲。老實務實，不大聰明，但對農業特別感興趣。

冉雍

字仲弓。品學兼優。做地方官時，政績十分出色。

《論語》人物表

曾點

字皙，又叫曾皙。曾參的父親。好學，淡泊名利。

公西赤

字子華，又稱公西華。從小就跟孔子求學，有外交才能。

司馬耕

字子牛。宋國權臣桓魋的弟弟，做人堅守正義。

（魋 tuí，粵音頹）

言偃

字子游。孔子後期弟子。重視以禮樂教化百姓。

（偃 yǎn，粵音蝘）

曾參

字子輿。跟父親同為孔子學生，在《論語》中又稱曾子。

卜商

字子夏。孔子後期弟子。聰明，才思敏捷。

孔伋

字子思。孔子的孫子，曾參的學生。

（伋 jí，粵音吸）

顓孫師

字子張。孔子後期弟子，性格剛正。

（顓 zhuān，粵音專）

★ 第一章 《論語》的故事

 故事摘要

　　《論語》的作者是孔子的弟子和再傳弟子，它是一部由許多人共同完成的語錄集。

 原文節選

　　子曰：「有教無類。」（《論語·衞靈公》）
　　曾子曰：「慎終，追遠，民德歸厚矣。」（《論語·學而》）

 節選釋義

　　孔子說：「人人我都教育，沒有高低貴賤之分。」
　　曾子（曾參、字子輿）說：「謹慎地對待父輩的喪事，恭敬地追念祖先，老百姓的品性便日趨忠厚淳樸了。」

公元前 470 年（孔子離世後九年），戰國初期，魯國。

這裏就是我的老師，孔子生前教書的地方。

真懷念啊！

孔子很厲害吧！

當然了，我聽説過他的不少事跡呢。

子游

子張

這裏，是師祖寫的？

有教無類

對，他是第一個提出了「有教無類」理念的人。

學堂為天下人而開，因此人們才稱他為聖人吶！

9

幾年前，大家因為子若長得像孔子，就提出把子若當作孔子來看待。

不可理喻！

等等，師兄，那都是過去的事了。

我們不會再那麼幹了。

我們是想說，我們可以為老師編一冊書。

這個，倒確實可以做。

而且，老師當年曾把後人託付於你。

是要我編書嗎？

所以這事，由你牽頭再合適不過。

你們是嫌我太清閒吧。

好重，終於能把它們寄給師兄弟們了。

將來，把《論語》接着編寫下去，就要看你啦。

哈哈，老師，您這是預言什麼嗎？

南方陳國子張收到子輿的快遞《論語》。

第二天，子張給學生們上課⋯⋯

嗯？批評我的話，也記上了？

呃，話倒沒錯。算了，不生氣。

如果不能發揚正道，持之以恆⋯⋯

這種人簡直一無是處。

大概被激起了好勝心。

老師今天好嚇人啊！

怎麼講？

聽說，是師叔的《論語》寫得太好了。

可我記得，老師和師叔都參與了《論語》的編寫⋯⋯

難道老師是對我們恨鐵不成鋼嗎？

真的嗎？

湯小團劇場

老師，節日快樂！

謝謝同學們，我也送大家一個小禮物吧。

好期待啊，會是什麼呢？

剛編好的習題冊，希望能幫助大家鞏固知識。

不要啊！

 小知識

《論語》這樣由弟子直接記錄老師講學、師生間的口語問答等，用白話敍述而不進行加工、修飾的形式，叫「語錄體」。後來宋代儒者講學，弟子也常用語錄體進行記錄，如《朱子語錄》。

☆ 第二章　君子三畏

 故事摘要

　　孔子眼中的君子具有仁、智、勇三種美德。君子不會輕易恐懼，但仍然對人世心懷敬畏。

 原文節選

　　子曰：「君子道者三，我無能焉：仁者不憂，知者不惑，勇者不懼。」（《論語‧憲問》）

　　孔子曰：「君子有三畏：畏天命，畏大人，畏聖人之言。」（《論語‧季氏》）

 節選釋義

　　孔子說：「君子遵行的三種道德，我都沒能做到：仁德的人不憂愁，智慧的人不困惑，勇敢的人不恐懼。」

　　孔子說：「君子敬畏的有三件事：敬畏天命，敬畏王公大人，敬畏聖人的言語。」

老師最想做的事，是教書嗎？

皙啊，這個問題，我不能一下子回答你。

皙

孔子

教書是一種工作，卻不是我的理想。

對啦，「教書育人」嘛！

為天下培育人才，才是我的心願。

子路

子牛，你在想什麼？

子貢

做到這些，就是君子了嗎？

有智慧，這很難得。但不憂、不懼，這有什麼難的？

這麼一想，好像確實沒什麼事能讓我發愁。

也沒什麼能讓我害怕。

可是，你們覺得自己是君子嗎？

不敢。

不是。

哈哈，確實。

平時，你們很少感到憂愁或恐懼。

不過，在內心深處，有多少人能真正無憂無懼呢？

我想，問心無愧，才是真正的不憂和不懼。

仁德、智慧、勇氣，說着容易，但我也還沒有真正做到啊！

我怎麼覺得，老師說的君子，就是他老人家自己呢。

老師，您又謙虛起來了……

我也這麼覺得。

老師，我有問題想問。

子淵

君子，就真的沒有畏懼的事情嗎？

子淵，你糊塗啦？有勇氣不就是什麼都不怕嘛。

在未知的命運面前，君子也會不畏懼嗎？

子淵啊，你總能想到別人想不到的問題。

君子確實有畏懼的事情。

只不過那種感情更接近敬畏，而不是恐懼。

君子畏懼的事也有三樣。

一是天命，二是身居高位的王公大人，三是睿智的聖人之語。

啊？說來說去，君子也不是什麼都不怕啊。

粗人不知道什麼是畏懼，才會什麼都不怕吧。

粗人……

小人不知道天命不可違抗，所以不會敬畏。

同樣的原因，小人也輕慢王公大人，蔑視聖人之言。

小人……

站在高山面前，山不會傷害人的生命。

但人卻能感受到，自身是何等渺小。

人們對高山的感情，就是敬畏，不是恐懼。

天命是萬物運行的法則，王公大人代表了天下的秩序，聖人之言中有至高的智慧。

君子不會恐懼什麼，但是要有敬畏之心。

湯小團劇場

好黑啊，等等我！

原來我們的大隊長怕黑呀！

我就不怕黑！孔子曰：「君子不憂不懼。」我是君子，我不怕黑……

汪汪！

啊！救命啊！

看來小團離成為君子還有點距離啊。

 小知識

《論語》中的「大人」可不是我們平時説的「大人小孩」裏的那個意思哦。我們現在用「大人」表示「成年人」。但在古代，「大人」往往指的是德高望重的人、地位尊貴的王公貴族或者父母尊長。

⭐ 第三章　賢哉，回也

 故事摘要

　　子淵是孔子最出色的學生，他的英年早逝使孔子陷入巨大的悲傷。

 原文節選

　　子曰：「賢哉，回也！一簞食，一瓢飲，在陋巷，人不堪其憂，回也不改其樂。賢哉，回也！」（《論語‧雍也》）

　　子淵死。子曰：「噫！天喪予！天喪予！」（《論語‧先進》）

 節選釋義

　　孔子説：「顏回（字子淵）多麼賢德呀！用一個竹筐盛飯，一隻瓢喝水，住在簡陋的巷子裏，別人都忍受不了那窮苦的憂愁，顏回卻不改變他的快樂。顏回多麼賢德呀！」

　　子淵死了。孔子説：「唉……老天是要我的命吧！老天要我的命呀！」

子淵家裏窮，有次下雨天，屋裏漏水，特別潮濕。

呦呦鹿鳴，食野之蘋。我有嘉賓，鼓瑟吹笙。

子淵

這樣就不會受潮啦！

風雨瀟瀟，人間需要君子，就像百姓需要容身之處吧。

兒子怎麼不來吃飯？

不用理他，那個小書呆子，過會兒就會來。

娘，我關上窗就來！

一會兒在門外支個雨蓬吧，路人也好避雨。

孔子

子貢

天氣真糟，窮人家又要漏雨了。

百姓受苦，錯的是官員，不是上天呀。

老師，我是在想子淵。那樣好的人，竟那樣窮。

老師是誇子淵清貧嗎？

難不成是我不夠窮？

說起這，就是你們不如他的地方了。

不，子淵他不為貧困所困擾，這才是可貴之處。

嗯。難道只因為難，就要放棄嗎？

老師，我沒辦法按您説的做。

哦，是嗎？為什麼呢？

您説的道理都很對，但我大概沒能力去實踐。

子有，你太想當然了。

還沒有用心試過，怎麼能説做不到呢？

唔……

唉，這些學生啊！

這件事功在千秋，我實在放不下。

千秋事業可以留給後人去做，你何苦呢！

我明白！父親，您先去休息吧。

咳咳……

兩年後，秋風瑟瑟，子淵去世了。

老師節哀，子淵師兄已經去世了。

怎麼會，這是真的？

唉……

上天是要我的命啊！

為什麼不要我這個老傢伙的命呢？

老師，請您保重，您太過哀傷了。

不為他而哭，我還為誰而哭呢？

請您節哀。

唉，天妒英才，我怎能不傷心啊！

季*康子

您的學生裏，誰比較好學呢？

唯有一個子淵，稱得上好學。

可惜他死以後，就再沒有了。

老先生桃李滿門，您為什麼這麼說呢？

您有所不知，子淵啊，可以數月都不違背仁德。

而其他人，只偶爾能做到罷了。

老先生，您這標準也太高了吧。

不高，只是如今缺少君子了呀。

* 季康子：魯國正卿（權力僅次於國君）。

湯小團劇場

唐菲菲，讓我也出去玩吧。

不行，必須把工作紙寫完。

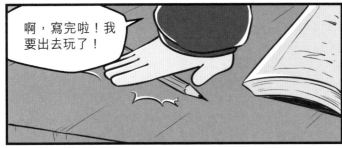

啊，寫完啦！我要出去玩了！

這麼快？

嘿嘿，我也很愛學習嘛！

回來！

 小知識

子淵死後，其他弟子想要厚葬他。孔子不允許，因為孔子的「禮」提倡喪葬應該表現出感情深厚，而不是葬禮隆重，子淵生前節儉，死後也不應鋪張浪費，違背他的思想。

但弟子們依舊隆重安葬了他。孔子說：「子淵把我當父親一樣看待，我卻沒能待他如子啊！不是我要這樣做的，是那些弟子們幹的呀。」

☆ 第四章　聞斯行諸

故事摘要

　　孔子對不同學生有不同的教育策略。子路的莽撞脾氣讓孔子確實費了一番腦筋。

原文節選

　　子路問：「聞斯行諸？」子曰：「有父兄在，如之何其聞斯行之？」

　　冉有問：「聞斯行諸？」子曰：「聞斯行之。」
（《論語‧先進》）

節選釋義

　　子路問：「聽到一件合於義理的事就立刻去做嗎？」孔子說：「有父親和哥哥在，怎麼能不請教他們就立刻去做呢？」

　　冉有問：「聽到一件合於義理的事就立刻去做嗎？」孔子說：「聽到就立刻去做。」

老師，子路師兄很不好嗎？

怎麼突然說這個？

您不是總批評他，彈琴不好，讀書也不行……

是嗎？

你不知道，子路是那種見義勇為、當仁不讓的人。

這一點，我一直很欣賞。

而且他重諾守信。

答應的事會立刻去做，從不拖延。

【路過門口的子路】

那，師兄其實是很好的人。

是啊，可是他常常只聽一邊的供詞，就斷案了。

老師誇我啦！嘿！

子路

【開心到飛起】

有人誇季文子，說他做一件事，要思考許多次。

思考兩次便夠了。

為什麼？

想得太多，就容易混亂，反而不利於行動。

咳咳，一次不想更不行！

明白，明白。

老師，君子除了謹慎之外，崇尚勇敢嗎？

君子崇尚正義，不是勇敢。

君子只有勇而不講正義，就會作亂。

這不就是惹了麻煩的我嗎？

這好像也是我。

以後做事，可得好好想一想了。

小人勇敢而不講正義，就和強盜沒什麼兩樣。

湯小團劇場

唐菲菲，要考試了，你幫我複習吧。

好呀。你可以先看一遍筆記。

然後呢？

孟虎，你應該先按我說的做，然後再問然後。

行動之前想得太多，就沒法好好開始複習了。

可是我，沒帶筆記呀。

小知識

孔子那句「當仁，不讓於師」後來演變成了成語「當仁不讓」。它原本說的是把仁義當作自己的責任，就連面對老師也不用謙讓。現在指的是遇到應該做的事就積極主動去做，不推讓。

★ 第五章　各言其志

 故事摘要

　　孔子和學生們一起談論志向，大家性格各異，志趣也各不相同。

 原文節選

　　曰：「莫春者，春服既成，冠者五六人，童子六七人，浴乎沂，風乎舞雩*，詠而歸。」

　　夫子喟然歎曰：「吾與點也！」（《論語・先進》）

 節選釋義

　　（皙）說：「暮春三月，春天的新衣服已經做好，我同五六位成年人，六七個小孩子，在沂水邊洗洗澡，在舞雩台上吹吹風，唱着歌走回來。」

　　孔子長歎一聲說：「我讚同你的主張呀！」

*雩：yú，粵音如。

50

子華，大膽說。

像祭祀或外交一類的場合，我想做個幫忙主持的人。

皙，你呢？

我想的，和大家有些不同。

只想在暮春三月，穿上新衣，再約朋友們一起出遊。

我們在河邊戲水，上高台吹風。

這就夠了。

你能這樣想，真好啊！

談話結束後，學生們紛紛離開。

老師，他們三個說的難道不好嗎？

皙

怎麼會，各言其志罷了。

那老師為什麼笑子路師兄？

治理國家講求禮讓，子路他太不謙虛了。

可子有、子華他們説的，不也是國家嗎？

是啊，又是縱橫六七十裏，又是祭祀、外交，不是國家是什麼？

既然都是治理國家，為什麼只説子路不謙虛呢？

我不是笑子路想治理國家，而是笑他説話做事的態度不謙虛啊！

子路兄，老師真是了解你啊！

阿嚏！

真奇怪，老師幹嗎笑我呢？

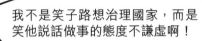
子路

是子淵。有了！

快跟我走！跟你這個好學生一起上課，老師就顧不上教訓我啦！

這才是我說的禮讓謙和呀！

子路，你的優點是不貪、不妒。

就算窮困潦倒地待在富人中間，你也不會覺得自卑吧？

嗯。

這也是可貴的特質呀！

湯小團劇場

同學們以後想做什麼呀？

發明家！明星！國家領導人！

我想當老師。

為什麼呢？

因為所有人小時候，都得聽老師的。

那我當校園保安。

因為孟虎老師每天向我問好，我才放他進門。

湯小團，真有你的！

小知識

子有的理想是治理地方。「里」是古代一種表示距離的單位，一里等於三百步，大約是現在的五百米。「縱橫六七十里」大約就是現在面積九百多平方公里的土地。而春秋時期有許多小的分封國，所以子路説這和一個小國家沒區別了。

★ 第六章　以文會友

故事摘要

君子之間，應當依照道德修養來選擇朋友。

原文節選

子夏曰：「君子敬而無失，與人恭而有禮，四海之內，皆兄弟也。」（《論語‧顏淵》）

曾子曰：「君子以文會友，以友輔仁。」（《論語‧顏淵》）

節選釋義

子夏說：「君子對待工作嚴肅認真、不出差錯，對人恭敬而有禮貌，四海之內的人，就都是朋友。」

曾子（字子與）說：「君子用文章學問來結交朋友，用朋友來幫自己提升仁德。」

德不孤，必有鄰。

有道德的人，永遠不會孤單。

因為天下總有與他們志同道合的人。

就是說，君子會因為追求共同的道德而聚在一起？

總有人願意做他們的朋友。

老師，那不就像我們現在這樣嘛。

午休時間到了。

吃飯啦！

有酒嗎？

毛頭小子，還年輕呀！

人人都有兄弟，只有我沒有兄弟了。

子牛

子牛師兄，他不是桓魋的弟弟嗎？

師兄，你怎麼啦？

子夏

唉，子夏。

我把你當朋友，才跟你説這些。

我是宋國人。

我的兄弟們為了權力，在宋國做盡了壞事。

唉，我以有那樣的兄弟為恥。

還不如沒有的好。

真有這麼嚴重？

不過我倒是能理解。

你不知道，幾年前老師在宋國時，桓魋動手暗殺過老師。

還有這種事？！

所以我和他斷絕了關係。

唉，我也想有幾個好兄弟，怎麼這麼難……

師兄，你把我當朋友，我也對你說真心話。

你不要發愁，又不是只有親兄弟才可以兄弟相稱。

畢竟死生有命，富貴在天。

血緣親疏不是你能選擇的。

但你可以選擇朋友。

君子對待工作，嚴謹而不出差錯，待人恭敬而不失禮節。

君子做人堂堂正正。

天下志同道合的人，都可以像兄弟一樣相處。

正所謂，四海之內皆兄弟。

又有什麼好憂愁的。

老師！

老師！

四海之內皆兄弟，說得真不錯。

嘿嘿。

過去的事情無法選擇，可將來的路，還長啊！

我知道了。

咳咳。

老師，您怎麼坐下啦？

我有一些想法，關於交朋友方面的。

你們想聽聽嗎？

有點好奇……雖然更想休息，但似乎沒法拒絕老師。

好吧，你們知道，要和什麼樣的人交朋友嗎？

和道德高尚的人？

道德高尚，又是什麼樣的人呢？

至少要是正直的人。

嗯，還有呢？

唔……

老師的意思，是不是要親近君子，遠離小人？

子輿

子輿，你什麼時候來的？

老師，您說的是選擇朋友要注意他們的品行？

嗯。還有要說的嗎？

您希望我們憑修養和學問來選擇朋友。

在與朋友相處中修習仁德。

嗯，孺子可教。

沒有沒有，老師教得好。

湯小團劇場

 小知識

其實，在孔子的時代還沒有「孺子可教」的說法。這個詞出自漢代的《史記‧卷五五‧留侯世家》，用於評價年輕的張良。現在，我們用它形容年輕人值得培養，未來會有出息。

★ 第七章　君子不器

故事摘要

　　君子不一定懂得很多具體的工作，但君子懂得的學問，卻一定是超過一般人的。

原文節選

　　子曰：「君子不器。」（《論語‧為政》）

　　達巷黨人曰：「大哉孔子！博學而無所成名。」子聞之，謂門弟子曰：「吾何執？執禦乎？執射乎？吾執禦矣。」（《論語‧子罕》）

節選釋義

　　孔子說：「君子不像器皿一樣（指只有固定的用途）。」

　　達巷裏有人說：「孔子真偉大！他學問淵博，但可惜沒有專長來讓他樹立名聲。」孔子聽到這句話，對弟子們說：「那我做什麼好呢？去趕馬車，還是做弓箭手呢？我趕馬車好了。」

會得多怎麼了，聖人也要謀生啊！

我就做生意啊！

哈哈哈……

這位太宰是了解我的呀！

可他分明是在質疑您。

不論聖人還是君子，確實不應該多才多藝。

怎麼會？為什麼？

因為君子喜歡的是道，而不是謀生技能。

技術什麼的，懂上一兩樣就夠了。

那您為何……

唉！還不是因為家裏窮，才學會了那些小事。

技多不壓身，老師這不挺好的。

並非不好，只是那些，不是我的本職罷了。

哈哈，老師，我想問您一個問題。

我知道您愛學習。

但什麼職業，才最合您的意呀？

這個先不算。

我不是個教書的嗎？

子貢呀，君子不是一種器物。

啊？您在轉移話題嗎？

我沒轉移話題。

木桶一般用來盛水，馬車一般用來趕路，但君子沒有固定的用途。

您是説，君子沒有固定的職業？

嗯。但天下萬事，無處用不上君子之道。

好像是這麼回事，又好像不是……

老師，那您看我呢？我適合做什麼？

我可以拿件東西來作比喻。

您不是説，君子不同於器物。

沒什麼。

怎麼了？

您至於拐着彎説我不夠君子嗎？

不過，老師想拿什麼東西作比喻呢？

是瑚璉*。

原來是好東西啊。

至少，出去應付些場面，你的本領足夠了。

嘿嘿。

* 瑚璉：宗廟裏盛穀物的禮器。

唉，您也有不知道的啊。

我什麼都應該知道嗎？

這些老師確實不知道。唉！

子遲失望地走了。

他太傷我的心了！

誤會誤會，他以為您懂做官，才……

我懂的是做官的道理。

比如喜好禮儀，百姓自然會尊敬他。

老師生氣了。

他們只想看見具體的本領，一點都不關心君子之道。

那是他們不了解……

君子之學，還有誰肯學呢？

子遲不就更關心糧食嗎？

呃，這個……

其實，您也可以做點什麼。

我能做什麼呢？是駕車，還是射箭？

如果在他們眼中，駕車射箭才算本領，那我不如去駕車。

老師想哪去了，誰會那麼想啊！

湯小團劇場

今天我是值日小組組長。

現在，唐菲菲掃地，孟虎拖地。

那你做什麼？

哈哈，我什麼都能幹，隨時可以幫忙。

湯小團，為什麼你這麼閒？

因為你們沒叫我幫忙嘛。

狡辯！過來幹活！

小知識

駕車、射箭都屬於「六藝」。周朝要求貴族學生們都會「禮、樂、射、御、書、數」這六種技藝，它們分別指禮節、音樂、射箭、駕車、書法和算術。這「六藝」也被儒家繼承，和四書五經一起，成為後來儒家弟子要學習的內容。

★ 第八章　仁遠乎哉

 故事摘要

　　仁者愛人。真正關懷他人，願意為他人着想，是實現「仁」最重要的一步。

 原文節選

　　子曰：「克己復禮為仁。」（《論語·顏淵》）

　　子曰：「己所不欲，勿施於人。」（《論語·顏淵》）

　　子曰：「仁遠乎哉？我欲仁，斯仁至矣。」（《論語·述而》

 節選釋義

　　孔子説：「約束自己，使言語和行動都合乎禮節，就是仁。

　　孔子説：「自己不喜歡的事物，不要強加給別人。」

　　孔子説：「仁德難道離我們很遠嗎？我想要去接近仁，仁就來了。」

能再具體一點嗎？

嗯，對違背禮的事，有四不為——勿視、勿聽、勿言、勿動。

這……我恐怕一天也做不到。

標準好像有點高……

我對大家，還是有信心的呀。

老師，您好樂觀。

好、好吧，學生愚鈍，但我會努力。

我還是先找一個人做榜樣吧。

為什麼？

我打算慢慢向榜樣學習，慢慢學會禮和仁。

嗯。

假如一個人，能幫所有的人過上好日子。

這樣行麼？

這種人，算是仁愛嗎？

在我看來，這種人好像太好了。

豈止仁愛，應該説是聖人了。

咦，這麼厲害嗎？

恐怕堯舜之類的聖人都做不到啊！

即使堯和舜做國君時，也無法幫到所有的人。

那麼，這樣的人，很適合做榜樣了？

未必。

古往今來，恐怕還沒有過這樣的人吧。

你如何向他學習呢？

這……我被您問住了。

做到仁，不一定需要榜樣，而要將心比心。

老師，那您說我該怎麼做。

比如，自己能做到的，就也去幫別人做到。

從身邊事做起，就已經是在正路上了。

所以,我不用想得太遠?

比如替父母分憂,就能算作仁愛吧?

咦,老師在這!大家在談什麼?

仲弓

我們正在談論仁愛。

心裏想着仁,什麼不能算作仁呢?

原來這也算仁啊。

正好,我也想請教老師。

比如,像我這種有職務的人,要怎麼做才算仁呢?

嗯,其實只要做好自己的事就夠了。

你們說，「仁」離我們很遠嗎？

我可以說遠嗎？

唔，我不覺得，誰能輕易做到。

我希望你們知道，「仁」並不遠。

仁

其實，心中希望做到仁，自然便做得到了。

老師，我萬一把「仁」忘了，怎麼辦？

你要用心，常常提醒自己，就不會忘了。

你們還年輕，不用有壓力呀。

說起來，我們有壓力，不正是因為您嗎？

湯小團劇場

來，嘗嘗媽媽做的糖醋魚。

謝謝媽媽！

好吃就多吃一點。

媽媽，這不好吃，我不要。

咦，蠻好吃的呀？

對呀對呀！

老師說，自己喜歡的，要和別人分享。

我就是想讓媽媽也嘗嘗。

⭐ 第九章　以孝為先

故事摘要

孔子認為，孝與不孝的分別不在於具體的行為，而在人的內心。

原文節選

有子曰：「其為人也孝弟，而好犯上者，鮮矣；不好犯上，而好作亂者，未之有也。君子務本，本立而道生。孝弟也者，其為仁之本與！」（《論語·學而》）

節選釋義

有子（字子若）說：「做人孝敬父母、愛戴兄長，卻喜好觸犯上級，這樣的人是很少的；不喜歡觸犯上級，卻喜歡造反，這樣的人從來沒有過。君子致力於基礎的工作，基礎立得住，仁道才會誕生。孝敬父母、愛戴兄長，這就是仁的基礎吧！」

老師？

嗯？

孔子

您說做人以孝為先，我不反對。

這是孝道的一部分，當然不能改變。

但如果父母過世，一定要為父母守孝三年嗎？

子我

我認為，三年實在太久了。

怎能這麼說？父母離世，你竟不悲傷嗎？

老師，您別想得那麼嚴重啊。

那為何要說不該守孝三年？

您曾說，君子負有傳承禮樂的責任。

守孝三年，其間不演習禮樂，禮樂一定荒廢。

因此便不顧守孝的規矩嗎？

我認為，將三年修改為一年，就足夠了。

子我呀子我，假如你這麼做，你心安嗎？

父母才去世一年，便去吃白米穿錦衣，你心安嗎？

我心安呀。

我錯了嗎？逝者已矣，三年太浪費了。

你的良心呢？

好啊！你心安理得，就隨便你吧。

諾。

就這樣？本以為老師會堅持反對的。

子我。

古人守孝三年，是由於思念親人，不忍享樂。

既然你忍心，三年和一年，對你有什麼區別呢？

唉！子我沒有仁愛之心啊！

老師，您怎麼了？

子路

唉，子我說，三年守孝，不如改為一年。

原來他無視禮數，您才這麼生氣。

守孝三年，不僅僅是禮數。

小孩子生下來，三年才能離開父母懷抱。

用三年來回報父母，怎麼能嫌長呢？

三年孝期，原來是有這個道理。

三年是天下的慣例，不該亂改。

難道子我就沒從父母那裏，得到三年的愛護嗎？

冤枉啊！我只覺得三年太長，沒別的意思啊！

愛父母都做不到，談何做到仁愛吶！

孝敬父母、尊敬兄長的人，不會以下犯上。

不以下犯上的人，更不會謀逆造反。

孔老先生去哪兒？

怎麼路過家門口不停呢？

君子重視基礎的法則，有基礎，才能談論大道。

孝敬父母，就是仁愛之道的基礎？

不錯，你說得不錯。

對不起，我走錯路了。

我們這就回去！

不過，我們這是要去哪呀？

幾日後。

我想問大家，對孝怎麼看。

孝順父母，是為報答父母的養育之恩。

如何才算報答呢？

至少，不能讓父母挨餓受凍？

現在人們説孝，常説只要能供養父母就行了。

這樣，還不夠。

子游

這種説法的確不太好。

不懷敬意，供養父母與養動物有什麼區別呢？

我只是説至少……

我愛父親和母親，但我們也會爭吵。

子夏

所以，我不敢説自己能時刻尊敬他們。

沒關係,和氣待人,是很難的。

可不是。家家有本難念的經嘛。

但僅僅是替父母出力,為父母安排飲食,也不夠。

又繞回來了……

跟父母意見不合,應該好好溝通。

假如父母一定要堅持錯誤的意見呢?

父母錯了,可以小心勸諫。

但假如他們不聽,也不必觸犯他們。

他們錯了,也還要尊敬他們嗎?

是的,就算內心憂愁,也不要怨恨他們。

那我拿他們沒辦法了?

要繼續用恭敬的言行勸諫他們。

耐心一點。父母的心意,沒有想像中的難猜。

大不了不做孝子唄。

咳咳,逆徒住口!

湯小團劇場

尊敬長者是中華民族的傳統美德。

今天放學後，大家做一件好人好事……

哪裏能做好事呢？

老婆婆，我幫你拎包吧！

誰是老婆婆？我今天是幫我的外婆送衣服。

小知識

守孝，指的是父母或至親過世後的一定期限內停止交際、娛樂，衣着、飲食不能華麗鋪張，以此表示哀悼。儒家守孝一般說是三年，其實是指 25 個月（閏月時是 27 個月）。古代守孝期間，不能結婚，不能參加科舉考試，也不能擔任官職。

⭐ 第十章　敬鬼神而遠之

 故事摘要

　　孔子反對迷信鬼神。比起鬼神，孔子更看重祭祀等禮儀對活人內心的規範作用。

 原文節選

　　樊遲問知。子曰：「務民之義，敬鬼神而遠之，可謂知矣。」（《論語・雍也》）

　　子貢欲去告朔之餼*羊。子曰：「賜也！爾愛其羊，我愛其禮。」（《論語・八佾*》）

 節選釋義

　　樊遲（字子遲）問怎樣才算聰明。孔子說：「致力於使人們遵從道義，是既要尊敬鬼神，又要遠離它們，就可以稱得上聰明了。」

　　子貢想去掉魯國每月初一告祭祖廟用的活羊。孔子說：「端木賜呀！你捨不得那隻羊，我捨不得那種禮。」

* 餼：xì，粵音氣。
　佾：yì，粵音日。

人只能做好他能做的。

聰明的人怎麼可能依賴虛無縹緲的鬼神呢？

老師，您說鬼神是真實存在的嗎？

這誰也證明不了。

這時，子路來找孔子。

是假的嗎？

那麼，人該怎麼侍奉鬼神呢？

我不知道。

活人尚且不能被好好對待，說什麼侍奉鬼神。

那麼，死是怎麼樣的呢？

我們還不明白生，哪能知道死呢？咳咳……

老師，您怎麼了？

大概是病了。唉，沒事。

老師保重啊！

都怪我烏鴉嘴，不該提死這回事！

我還死不了，放心。

孔子在家養病。

老師，您好些了嗎？

子貢

嗯，好多了。

老師，我們的行裝已經整理好了。

好，如今魯國季氏專權，我也只能離開了。

這一去，又不知道幾時能回。

老師，就是，還有……

路費還有點緊張，正好又快到月初，雖然……

每月初一應該用羊去祖廟祭祀。

不過，大家現在也不重視這個……

不如把羊省下來換路費。

不行，我不贊成。

而且我們都要離開魯國了，白白浪費。

你捨不得那隻羊，但我卻捨不得那種禮呀。

您也不相信鬼神啊。

子貢，你以為祭祀是為了鬼神嗎？

祭禮是人制定的，它約束的也是人心。

就像律法一樣。

禮在，意味着社會規則還有人遵守。

禮若廢，那麼律法也可以廢。

那樣，就沒有什麼規則是不能破壞的了。

原來不是看重鬼神，是看重人心啊！

是啊。

我明白了。

若是上天要降罪，巴結哪位神靈都是沒用的。

唉，果然是真君子。

您多保重。告辭。

老師說的是什麼啊？

奧神是屋子西南角的神靈，地位尊貴。

灶神是灶台的神靈，地位卑下，卻掌管一家的口糧。

他的意思，是希望我放棄尊貴的衞君，去投靠那些當權的大臣。

那您會聽他的建議嗎？

當然不。

衛國一旦發生政變，投靠誰都一樣危險吶。

算啦，我們該離開衛國了。

怪異、暴力、叛亂和鬼神，我都不願意再談了。

這些都是這兒的熱門話題啊。

所以才要離開啊。

湯小團劇場

從前，古老的森林裏有一口更古老的枯井。

枯井深不見底。每天夜裏，都能聽……

啊！

我保證，絕對不嚇人。

我不信！我怕黑！

講！講！

都能聽見井底的青蛙演唱會，咕咕呱咕咕呱呱咕咕呱。

哈哈哈，呱！

真無聊。

 小知識

灶神，也叫「灶王爺」，負責家中大大小小的事，在中國民間祭祀中佔有非常重要的地位。北方傳統裏的「小年」，便是在臘月二十三祭灶神。有的習俗中要向灶神供奉麥芽糖，因為灶神吃了黏乎乎的麥芽糖，嘴巴就會黏住，不能向上天告狀，人間就會太平了。

湯小團帶你學中國經典

漫畫論語（上）

編　　者：谷清平
插　　圖：貓先生
腳　　本：張瀟格
責任編輯：張斐然
美術設計：黃觀山
出　　版：新雅文化事業有限公司
　　　　　香港英皇道499號北角工業大廈18樓
　　　　　電話：（852）2138 7998
　　　　　傳真：（852）2597 4003
　　　　　網址：http://www.sunya.com.hk
　　　　　電郵：marketing@sunya.com.hk
發　　行：香港聯合書刊物流有限公司
　　　　　香港荃灣德士古道220-248號荃灣工業中心16樓
　　　　　電話：（852）2150 2100
　　　　　傳真：（852）2407 3062
　　　　　電郵：info@suplogistics.com.hk
印　　刷：中華商務彩色印刷有限公司
　　　　　香港新界大埔汀麗路 36 號
版　　次：二〇二二年四月初版

ISBN：978-962-08-7971-5
Traditional Chinese Edition © 2022 Sun Ya Publications (HK) Ltd.
18/F, North Point Industrial Building, 499 King's Road, Hong Kong
Published in Hong Kong, China
Printed in China